KB158078

# 내 늙은 강아지,
# 쫑투

# 내 늙은 강아지,
# 쫑투

박김수진 에세이

ㅊㄴ몸

내 강아지, 쫑투에게 바칩니다.

# 차례

# 무식하고, 무식하고, 무식했습니다

2003년 1월, 갑자기 '강아지를 키우고 싶다'는 생각이 들었어요. 당시 사귀던 애인에게 "강아지를 키우고 싶어." 말하고는 강아지를 사기 위한 작업에 착수하였지요. 그때 알고 지내던 분으로부터 "경기도 원당에 입양을 할 만한 강아지가 있다."는 얘기를 듣고, 무조건 "내가 입양하겠다!"고 했어요.

"데리고 올 수 있는 강아지가 두 마리인데, 그 강아지들이 있는 곳은 포메라니안만을 취급하는 곳이에요. 그런데 주인네 강아지 두 마리 중 한 마리는 요크셔테리어이고, 다른 한 마리는 말티즈인데 둘이 이렇게 저렇게 해서 강아지 두 마리를 낳았어요. 믹스견이죠. 5만 원이면 데리고 오실 수 있어요."

망설일 이유가 없었어요. 무조건 데리고 오기로 했습니다. 하지만 3개월을 기다려야 했어요. 아기 강아지들이라 3개월 정도는 어미 개와 함께 있어야 했거든요. 2003년 1월생 강아지들이었으니까 4월 초면 데리고 올 수 있었어요.

아이고, 기다리던 그 3개월이 얼마나 길던지요. 그래도 시간은 흐릅디다. 4월이 되자마자 내 작은 자동차 빨간색 티코를 몰고 원당으로 달려갔어요. 처음 만난 강아지들이 열린 케이지 안에서 꼬물꼬물 움직이고 있었어요. 한 마리는 활동적이고 건강해 보였고, 다른 한 마리는 기운이 없어 보였어요. "어떤 애로 데리고 가시겠어요?" 주인께서 물으시기에 망설임 없이 "힘없는 강아지 데려갈게요."라고 답하고는 강아지를 들어 올렸어요. 돈 5만 원을 드리고, 티코에 태워 집이 있던 서울 마포구로 왔습니다.

이게 내 늙은 강아지, 쫑투와의 첫 만남에 관한 이야기의 전부입니다. 참으로 한심한 일이지요. 그런 일을 벌이고 말았어요.

애인과 충분하게 상의하지 않고, 제 마음대로 강아지를 사서 데리고 와버렸어요. 쫑투를 데리고 오는 순간에 쫑투를 낳은 진짜 쫑투 엄마인 개의 얼굴 한번 바라보지 않고 와버렸어요. 강아지와 함께 산다는 것이 어떤 의미인지 단 한 번도 생각해보지 않은 채 강아지를 데리고 왔어요. 강아지에 관해서는 정보가 하나도 없던 상태에서, 전혀 공부란 걸 해본 적도 없는 상태에서 강아지를 데리고 온 거죠. 쫑투는 동

생 강아지였고, 활발했던 강아지는 쫑투의 언니 강아지였는데요. 나는 쫑투가 언니 강아지와 헤어진다는 사실에 관해 생각해본 적도 없었어요. 엄마 아빠 개와의 이별을 쫑투가 경험해야 했다는 사실에 대해서도 생각해보지 않았어요. 개를 키운다는 것이, 무분별하게 확장되는 '애완견 산업'에 일조하는 거라는 거창한 고민은 아예 떠올려본 적도 없고요.

무식하고, 무식하고, 무식했습니다.

2003년 1월에 태어난 내 늙은 강아지, 쫑투. 쫑투가 그렇게 내게 왔습니다. 아니, 내가 막 강제로 그렇게 데리고 왔습니다. 끙. 내 늙은 강아지, 쫑투는 곧 열아홉 살이 됩니다. 그녀가 내 곁을 떠나기 전에 마음으로, 글로 기록해두기로 했습니다. 나는 그렇게 내 강아지를 '잘' 떠나보낼 것입니다.

# 우리 쫑투는 물을 참 잘 마셔요

집에 데리고 온 쫑투를 미리 준비해 놓은 따뜻한 담요 위에 앉혔어요. 강아지가 얼마나 작고 까맸는지 몰라요. 쫑투는 일생의 대부분을 1.8킬로그램 몸무게로 살았어요. 이제 막 태어난 지 3개월쯤 지난 시기였으니 그땐 얼마나 작았겠어요. 쫑투는 아장아장 잘 걸었습니다. 아기 강아지 사료도 잘 먹고, 물도 잘 마시는 것 같았어요.

길거리 리어카에서 파는, 세상에서 제일 작은 슈퍼맨 옷을 사다 입혔어요. 참 잘 어울렸어요. 그 옷을 입고 내가 걷는 방향대로 따라 걷더라고요. 이리로 가면 이리로 가고, 저리로 가면 저리로 갔어요. 내가 데리고 왔다는 걸 아는 눈치였어요. 참으로 신비로운 느낌이 들었어요. 어찌 알았을까요? 앞으로는 내가 쫑투의 엄마라는 사실을요.


친구들이 물었어요. "애 이름을 어떻게 쫑투라고 지을 수 있냐?!"

독립적인 존재인 한 강아지의 이름을 어찌 그렇게 지을 수 있느냐는 타박이었어요. 맞는 말이었어요. 저는 아무 생각이 없었어요. 예전에 부모님과 함께 살 때, 잠시 데리고 있었던 강아지 이름이 '쫑쫑이'였거든요. 그래서 '두 번째 쫑쫑이'라는 뜻으로 애 이름을 '쫑투'라고 지었어요. 타박을 듣고, 정신을 차리고 나니 진짜 이상한 이름이라는 생각이 들었어요. 쫑투에게도 미안했고요. 그래서 이름에 괜히 의미를 붙이기 시작했어요. "쫑투라는 것은 '우리 쫑쫑이 투쟁!' 이런 뜻이 들어 있기도 해. 불어 이름도 지어줬어. '엉뚜와'!"

친구들로부터 야유와 비웃음을 샀어요. 그럴 만했어요. 박쫑투. 그리하여 내 작은 강아지 이름은 박쫑투가 되었답니다.

작은 방에서 쫑투를 안고 놀고 있는데, 갑자기 쫑투 목에 힘이 빠지더니 목이 뒤로 넘어가버렸어요. 얼마나 놀랐는지, 옆에 있던 '떡볶이 외투'(드라마 <겨울연가> 1회에 나오는 고등학생 등장인물들이 입고 있었던, 떡볶이 모양 단추가 달려 있던 옷이에요.)를 집고, 오른쪽 주머니 안에 쫑투를 넣고 병원을 향해 달리기 시작했어요. 옷에 달린 주머니가 큰 편이기도 했지만, 쫑투가 워낙 작아서 가능한 일이었어요.

병원에 도착해 이런저런 검사를 받으니 탈수래요. 강아지가 물을 적게 먹어서 그러는 거라고요. 작은 주사기를 하나 받

아왔어요. 의사 선생님이 주사기 안에 물을 넣어 강제로라도 물을 먹이라고 하셨어요. 집에 돌아와 목이 뒤로 넘어가 있는 아이를 안고 주사기에 물을 채워 강제 급여를 하기 시작했어요. 그랬더니 하루 만에 목이 다시 돌아왔어요! 몸에 힘이 생겼어요!

그때 이후로 우리 쫑투는 물 마시는 문제로 엄마 속 타게 한 적이 없어요. 물을 많이 마셔야 하는 지병을 앓고 있는 현재에도 물만큼은 참 잘 챙겨 먹고 있지요. 걱정 없어요.

# 쫑투에게는 엄마가 넷이에요

일단 쫑투의 진짜 엄마가 있죠. 물론 강아지 형상이고, 아빠 강아지는 말티즈, 엄마 강아지는 요크셔테리어였어요. 무식한 탓에 쫑투를 데리고 오면서 엄마 강아지에게 사과 한마디 없이 그 집을 나서서, 먼 곳으로 쫑투를 데리고 왔지요. 정말 미안한 일이에요. 지금까지 쫑투와 함께하면서 쫑투에게 이런저런 이야기들을 많이 들려주었는데요. 쫑투에게는 직접 "엄마가 쫑투 진짜 엄마랑 헤어지게 해서, 인사도 못하고 헤어지게 해서 정말 미안해."라는 말을 자주 해왔어요. 쫑투 엄마 강아지에게는 마음속으로 몇 번이고 사죄해왔고요. 쫑투가 열여덟 살 늙은 강아지가 되었으니 지금쯤 쫑투의 진짜 엄마, 아빠 강아지는 떠나고 없을 거예요. 미안해요. 정말 미안합니다.

두 번째 엄마는 쫑투의 첫 번째 인간 형상의 엄마, 나입니다. 그런데 이 엄마가 이 사회에서 '레즈비언'이라 불리는 소수자예요. 세 번째 엄마도 인간 형상의 엄마인데, 쫑투를 데리고 왔던 당시 교제하고 있던 나의 애인이었어요. 그런데 쫑투를 데리고 오기로 결정을 한 것은 나였고, 애인과 충분히 상의를 하고 '우리의 강아지 형상의 딸'인 쫑투를 데리고 온 것이 아니었어요. 그래서였겠죠. 세 번째 엄마는 내가 부탁을 해야 쫑투를 잠시 봐주고 하는 정도로만 쫑투와 함께했어요. 당연한 결과였지만, 전적으로 쫑투는 내 딸이었습니다. 그 친구와는 7년 8개월 정도 교제를 했어요. 그리고 헤어졌습니다. 아무리 잠시 봐주기만 한 관계였어도 쫑투 입장에서는 두 엄마 중 한 명의 엄마였죠. 그런 엄마가 갑자기 사라진 거예요. 쫑투는 엄마를 잃은 경험을 두 번째로 한 셈입니다.

그 친구와 헤어지고, 그렇게 쫑투가 세 번째 엄마를 잃은 후에도 쫑투는 세 번째 엄마를 자주 찾았어요. 거의 매일 집 근처를 산책했는데, 지나다가 그 친구와 비슷한 외형을 가진 언니들을 보면 꼬리를 흔들면서 막 따라가곤 했거든요. 오랫동안 그랬어요. 언제부터 쫑투가 그러지 않았는지는 기억나지 않네요. 그런 순간마다 또 나는 죄책감이 들었어요. 나 때문에 쫑투가 또 엄마를 잃었다는 생각에 괴로운 나날들이 많았어요.

네 번째 엄마는 지금 나와 함께하고 있는 '바른얼굴님'입니다. 이하 '바얼님'이라고 칭할게요. 바얼님과 쫑투는 14년째 함께하고 있어요. 바얼님은 저와도 14년째 함께하고 있지요. 쫑투 견생 18년 중 무려 14년을 함께했으니 우리 쫑투의 평생을 네 번째 엄마인 바얼님과 함께해왔다고 할 수 있습니다.

두 번째 엄마인 저와 네 번째 엄마인 바얼님은 파트너 관계입니다. 레즈비언이고요. 우리 쫑투는 레즈비언 엄마들을 둔 특별한 강아지입니다.

아 참, 우리 쫑투는 엄마들이 레즈비언이라고 싫어하거나

혐오하거나 그러지 않아요. 늘 말합니다. 아무 상관 없는 일
이라고요. 아니, 엄마가 둘이나 있어서 더 좋다고요. 하핫.
쫑투에게 고맙습니다.

**쫑투에게는 엄마가 넷이에요**

# 맑고 곱던 쫑투의 하울링 소리

그럴 수 있었던 상황이어서 그랬겠지만, 저는 지금까지 쫑투를 다섯 시간 이상 혼자 집에 머물게 한 적이 없어요. 정확하게는 거의 혼자 두지 않았다고 해도 과언이 아니랍니다. 그저 그래야 할 것 같았어요. 강아지와 함께 살기로 한 이상 강아지를 외롭게 두어서는 안 된다고 생각했어요. 일정 기간 동안에는 대학원에 다녔는데요, 일주일에 두 번만 다섯 시간 비우고, 나머지 날들엔 스물네 시간 함께 있었어요. 시민사회단체에서 활동가로 일을 했는데요, 늘 쫑투와 함께 출퇴근을 했습니다. 티코를 타고 다니기도 하고, 함께 걷기도 하면서요.

일주일에 두 번이기는 했지만 학교 수업을 들어야 하는 날에는 혹시 짖어서 이웃들에게 피해가 갈까 걱정이 되어 녹음기를 켜두고 등교하기도 했어요. 집에 돌아와 확인해보면 정확하게 세 시간 동안은 아무 소리도 들리지 않았어요. 우리 침대나 쫑투 침대에서 잠을 자거나 조용히 앉아 있는 것 같았어요. 그러다 정확하게 세 시간이 지나면 그때부터는 맑고 곱고 애처로운 쫑투의 하울링 소리가 녹음되어 있었어요. 세 시간은 외로움을 참을 수 있어도 다섯 시간은 괴로웠던 모양이에요.

하울링. 참 맑고 고운 소리였어요. 마치 아기 늑대의 하울링 소리 같았달까요. 하지만 시간이 흐르고 아가였던, 젊은이였던 쫑투의 하울링 소리는 점점 굵고, 거친 소리로 바뀌어 갔어요. 사람으로 치면 담배 많이 태운 목소리 굵은 할아버지가 "아흑~" 하고 내는 소리로 바뀌었어요.

쫑투는 오늘도 하울링을 하였는데요, 저는 마루에 있었고, 쫑투는 안방에 누워 있었거든요. 잠을 자다가 잠시 일어나 혼자 있다고 착각을 했나 봐요. 굵은 목소리로 슬프게 하울

링을 하는 거예요. 그 소리를 듣고 놀라 빨리 달려가서 안아
주며 말했어요.

"엄마, 여기에 있다. 엄마, 어디 안 갔네~"

금세 안심이 되었는지 쫑투는 다시 잠에 빠져들었어요.


쫑투는 혼자 있는 걸 싫어해요. 그 어떤 강아지들이 혼자 있
는 걸 좋아하겠어요. 쫑투와 함께하면서 제가 제일 잘한 일
은 쫑투를 거의 혼자 두지 않았다는 것 같아요. 그래서인지
쫑투는 정서적으로 많이 안정적인 편이에요. 대신 제가 고
생을 조금 했죠. 바얼님과 함께한 오랜 기간, 바얼님도 함께
고생했고요. 외출이나 여행이 자유롭지 않았으니까요. 참
힘든 시간을 보냈고, 그런 시간을 지금도 보내고 있는 중이
고요. 그렇다고 쫑투를 원망하거나 쫑투 탓을 하진 않아요.
쫑투 잘못이 아니니까요. 쫑투를 데리고 온 건 나의 선택이
었으니까요.


18세 할머니 강아지, 우리 쫑투. 남은 생은 더더더 외롭지
않게 더더더 꼭 붙어 있을 거랍니다. 사실 쫑투가 저를 귀찮
아하기도 해요. 나이가 드니까 더 그러더라고요. 옆에 너무

붙어 있으면 멀리 피하고는 해요. 그래도 알아요. 좋으면서
그러는 거라는 걸요. 하하.

# 쫑투의 비상한 능력

쫑투에게는 비상한 능력이 하나 있었어요. 어느 집에 가든 첫 방문에도 제일 처음 하는 행동이 '화장실 찾아 들어가 쉬야하기'였답니다. 쉬야랑 응가는 언제나 화장실 타일 위에서 했고, 실수 한 번 없이 정확하게 그리 하였습니다. 사무실에 데려가도, 여행지 펜션에 데려가도, 낯선 사람의 집에 데리고 가도 쉬야와 응가를 정확하게 화장실에서 했어요. 이 얼마나 똑똑한 강아지입니까! 귀여워 죽겠습니다(죽진 못합니다. 무섭습니다). 그렇다고 산책 시에 땅 위에 쉬야와 응가를 하지 않는다는 것은 아닙니다. 더 잘하지요! 창피할 정도로 잘하지요!

그랬던 우리 쫑투의 비상한 능력은 이제 거의 사라졌습니다. 요즈음엔 기본적으로 대소변은 화장실에서 보기는 하지만, 미끄러지지 말라고 깔아놓은 이불 위, 흔히 '마약 방석'이라 불리는 자신의 '쫑투 방석', 엄마들 잠자리 등 자신의 마음에 드는 모든 곳에 쉬야와 응가를 하며 지내고 있습니다. 뭔가 마음에 들지 않을 때에도 화장실을 이용하지 않고요, 다리가 불편해져서 화장실까지 걸어가기가 어려울 경우에도 화장실을 이용하지 않아요. 가끔은 화장실이 어디에 있는지 못 찾을 때도 있습니다.

내 18세 할머니 강아지 쫑투의 두 눈은 백내장이 심해 거의 보이지 않습니다.

다리에 근력이 안 좋아져서 힘이 많이 빠진 상태로 맨바닥 위를 잘 걷지 못합니다. 다리가 찢어질 것처럼 벌리고 끌고 다니는 일이 잦아졌습니다.

귀도 들리지 않아 가까이에서 아주 큰 소리를 내야 조금 반응하는 정도로 안 좋아졌지요. 게다가 자신을 만지는 것도 싫어합니다.

이는 거의 다 빠졌고, 그리하여 음식물 씹기에 어려움을 겪고 있습니다.

꽤 큰 유선종양이 있어서 아프고 불편할 것입니다.

췌장과 신장도 조금 아픕니다.

그러나 괜찮습니다.
우리 쫑투가 내 배 위에 쉬야와 응가를 해도 괜찮습니다.
시원하게만 해주면 좋겠습니다.

그리하거라, 쫑투야.

네 마음대로 하거라, 쫑투야.

빨래는 세탁기가 하니 우린 정말 괜찮다.

정말이다.

# 쫑투는 내 청춘입니다

우리 할머니 강아지가 18세이니 18년 전에 우리 쫑투와 만난 것입니다. 내 나이 스물일곱 살이었는지, 스물여덟 살이었는지 모르겠네요. 지금 내 나이는 마흔일곱 살입니다. 그 숫자들을 생각해보면 참 여러 가지 기분이 듭니다.

18년, 내 스물여덟부터 마흔일곱까지. 이 시기를 한 낱말로 표현하자면, 이렇게 표현할 수 있습니다.

"쫑투"

쫑투는 내 청춘입니다. 현재진행형이니 내 중년이기도 할

테지요. 긴 시간이었습니다. 그리고 참 좋았습니다. 힘들기도 했지만, 나는 쫑투가 참 좋았고, 쫑투와 함께한 모든 순간이 참 좋았습니다.

짧지 않은 시간 동안 이사가 잦았습니다. 원룸에서도 함께 살고, 투룸에서도 함께 살고, 세 군데 아파트에서도 함께 살았습니다. 최근에는 6년 정도 살던, 그래서 쫑투에게는 매우 익숙했던 공간에서 새로운 집을 구해 이사했어요. 이사를 온 지 2개월 정도 되어갑니다.

이사를 하면서 바일님과 제일 많이 걱정했던 부분이 우리 할머니 강아지가 새로운 공간에 잘 적응을 해낼 것인가 하는 문제였어요.

역시 쉬운 일은 아니었습니다. 쫑투는 화장실 찾기를 몹시 어려워했고, 화장실에서 나온 후 방을 찾아 들어오는 일은 아직까지도 잘 못 합니다. 아무래도 나이가 들어 공간 지각 능력이 떨어지고 있는 상황에서 완전히 새로운 구조의 집으로 이사를 했으니, 우리 할머니 강아지가 너무 많이 고생입니다. 최근까지도 애가 안 보여서 여기저기 찾아다니다 보면 열어놓은 문 사이에 들어가서 오도 가도 못 하는 상태로 멍하니 서 있는 경우가 잦았답니다. 그래서 작은 쿠션들을 문틈 사이에 끼워놓아 아예 우리 할머니 강아지가 들어갈 수 없도록 조치하였습니다.

그래도… 느리지만, 예전 같지는 않지만, 우리 쫑투는 새집의 구조에 조금씩 적응을 해내고 있습니다. 오늘 낮에도 안방에서 나와 함께 낮잠을 자고, 내가 낮잠을 자고 있는 사이에 아침에 먹다 만 아침 맘마를 마저 다 먹고 다시 안방을 잘 찾아 들어와 누웠답니다.

보이지 않고, 들리지 않고, 공간 감각 능력이 떨어지는 일은 너무나 당연하고. 그럼에도 우리 쫑투는 잘 해내고 있습니다.

기특합니다.

# 아침 인사

강아지와 함께하는 많은 분이 공감하실 이야기입니다. 특별하게 잘해준 것도 없는데 어쩌면 우리 강아지들은 그렇게 매일 매 순간 우리를 반가워해줄까요? 참으로 고마운 존재들입니다.

재활용 쓰레기나 음식물 쓰레기를 버리기 위해 아주 잠깐 밖에 나갔다 들어와도 쫑투는 마치 1년 만에 만난 것처럼 나를 반가워해줬습니다. 표정은 언제나 무표정했지만 꼬리를 정말 힘차게 흔들어주었지요. 좋아서 빙글빙글 돌기도 하고요. 세 시간이나 다섯 시간을 떨어져 지내고 나서 상봉할 때 우리 쫑투는 아주 날아다녔죠. 온몸으로 "넘나 좋아!"

라며 원망하는 눈빛 하나 없이 마냥 반가워만 해주었습니다.

매일 아침 해왔던 쫑투의 아침 인사법이 하나 있습니다. 일어나자마자 나를 찾아와 내 발등 위에 가볍게 뽀뽀를 하는 인사법이었습니다. 쉬야가 마려울 텐데도 잊지 않고 나를 제일 먼저 찾아주니 이 얼마나 고마운 일인가요. 그럼 나는 우리 쫑투를 번쩍 들어 목 여기저기에 뽀뽀를 퍼붓고는 하였습니다.

지금의 우리 쫑투는 더 이상 내 발등에 뽀뽀하는 인사를 하지 않습니다. 정확한 이유는 모르겠지만, 눈이 안 보여서 그러는 게 아닐까 하고 막연하게 생각하고 있습니다. 눈이 보이지 않게 된 후로는 평소에 하던 행동들을 안 하게 되었어요. 예컨대 식사를 해야 하는 시간임에도 내가 식사를 준비하지 않으면 나를 매서운 눈초리로 째려본다거나 화장실에 쉬야랑 응가를 하고 나면 신나게 달려와서 예뻐해달라고 말하는(우리 쫑투는 눈으로 말을 합니다) 행동 등 말이에요. 발등에 뽀뽀, 아침 인사를 받아본 지가 언제인지 기억도 나지 않네요.

방 안에 함께 있을 때, 우리 쫑투는 나를 하염없이 바라보고 있는 때가 많았습니다. 나는 과제를 하고, 공부를 하고, 일을 한다며 책상 앞에 앉아 노트북만 바라보고 있을 때…… 우리 쫑투는 나만을 바라보고 앉아 있었어요. 가끔씩 일을 하다가 쫑투를 바라보고, 그러면 언제나 서로를 바라보게 되는 거죠. 네, 언제나요. 언제나 쫑투가 나를 바라보고 있었으니까요.

이제 쫑투는 나를 바라보지 않습니다. 내가 어디에 있는지조차 보이지 않기 때문입니다. 그래서 몇 해 전부터 나는 작전을 세웠습니다. 쫑투 가까운 곳으로 내가 슬금슬금 기어가 없는 척하고 앉아 쫑투를 하염없이 바라보는 겁니다. 그러다가 우리 쫑투가 고개를 돌리다가 우연히 나를 발견, 우리 둘의 눈이 마주하는 것이지요! 몇 년 전부터 자주하는 행동이 되었습니다. 쫑투의 반응이요? 음…… 무관심하고 나아가 귀찮아 할 때도 많습니다. 나는 아랑곳하지 않습니다. 젊은 날, 쫑투도 그랬잖아요. 하하.

# 오랜 시간 바닥 생활을 했어요

젊은 날의 우리 쫑투는 힘이 넘쳤습니다. 집에 침대며, 소파며, 다양한 의자들이며 가구들이 여럿 있었어요. 쫑투는 그 위를 힘들이지 않게 뛰어올랐습니다. 어느 날엔 제가 안고 있다가 실수로 바닥에 쫑투를 떨어뜨린 적이 있어요. 너무 놀랐어요. 미안했고요. 재빨리 쫑투를 들어 올려 이곳저곳을 살폈는데, 다친 곳이 하나도 없었어요. 곧장 바닥에 내리라고 해서 바닥에 내리니 옆방으로 들어가 높은 의자에 올라 앉더라구요. 그 의자는 연두색이었는데, 우리 쫑투의 안식처였어요. 쫑투가 참 좋아했던 의자인데, 이런저런 사정으로 얼마 전에 버렸네요.

집 근처엔 초등학교가 있었고, 나와 쫑투는 초저녁이 되면 추운 날, 더운 날 가리지 않고 사계절 내내 그 초등학교 운동장을 찾았어요. 사람이 가장 적은 시간이기도 했고, 마을 사람들이 운동장 가장자리로만 걷는 운동을 하는 분위기여서 운동장 가운데는 늘 우리 차지였어요. 쫑투와 산책을 하다가 학교 운동장에 들어가 쫑투를 풀어놓으면 운동장 가운데서 아주 큰 원을 그리며 정말 씩씩하고 빠르게 뛰었어요. 뛰는 게 그리도 좋았는지 그만 뛰게 하지 않으면 안 될 정도로 돌고 돌고 돌았어요. 쫑투를 불러 세우는 방법은 하나였어요. 당시에 즐겨 먹였던 간식의 이름을 크게 말하면 되었어요.

"쫑투야, 땡땡 먹으러 가자!"

이렇게요. 그럼, 그 소리를 듣고 저를 향해 직선 방향으로 뛰어왔어요.


집에 있던 침대, 소파, 각종 의자들은 하나씩 하나씩 사라졌어요. 쫑투가 올라가 쉬야를 했기 때문이에요. 그래서 바얼 님과 저는 참 오랫동안 그런 가구 하나 없이 살았어요. 대부분의 시간을 바닥에서 보냈다고 할 수 있어요. 아, 쫑투가 뛰어오를 수 있는 가구들을 없앤 또 다른 이유는 강아지의 다리와 척추 보호를 위해서였어요. 어디에선가 높은 곳에 오르내리면 척추와 다리에 이상이 온다는 얘기를 들었거든요. 그래서 하나하나 없애다 보니 바얼님과 저 그리고 강아지는 바닥 생활을 하게 된 것이에요. 집에 있는 것이 없으니 불편한 일도 많았지만, 우리는 기꺼이 그리하였어요.

이사를 하면서 침대, 소파, 각종 의자들을 구입하였습니다. 어쩐 일이냐고요? 이제는 우리 쫑투가 그 가구들에 스스로 오르지 못해요. 다리에 힘이 빠져서 낮은 계단도 오르지 못하는 상태가 되었답니다. 우리가 들어 올려준다고 해도 눈이 어두워 금방 바닥으로 떨어져버리고 만답니다. 그래서 하나하나 다시 장만을 할 수 있게 되었어요. 그래서 바얼님도 저도 반만 기뻐요.

텅텅 빈 집에서 살게 되더라도, 그럴 수만 있다면, 쫑투가 어디든 용감하게 뛰어오르던 그때로 되돌아가고 싶습니다.

그런데 방법이 없네요.

# 천하장사

쫑투가 젊었던 날들에 즐겨 먹던 간식이 있어요. 마트에서 파는 '천하장사'라는 소시지예요. 건강에 좋지 않을 것 같기도 하고, 고기 소비를 줄이자는 생각에서 바얼님과 의논하여 언젠가부터는 먹이지 않고 있지만요.

매일 세 개 정도의 천하장사를 줬던 것 같아요. 특히 내가 해야 할 일이 있어 쫑투에게 신경을 쓰지 못할 때면 언제나 천하장사를 주었어요. 나와 쫑투는 서울시 마포구 상수동에서 둘이 살았어요. 우리는 이화여자대학교 근처에 있는 사무실까지 함께 출근했지요. 어느 날은 빨간빛 티코를 타고, 또 다른 어느 날은 함께 걸어서 출퇴근을 했어요.

출근할 때면 나는 내 가방에 천하장사를 꼭 챙겨 넣었어요. 사무실에 가서는 회의도 해야 하고, 맡고 있던 일들도 처리해야 해서 쫑투에게 신경 쓰지 못하는 시간들이 생겼거든요. 바로 그때, 천하장사를 살짝 뜯어서 쫑투에게 주는 것이지요. 그럼 우리 쫑투는 그 소시지를 바로 먹지 않고 어딘가에 숨기기 위해서 바닥 탐험을 시작해요. 워낙에 많이 먹는 강아지가 아니지만 소시지만큼은 꼭 받아서 어디엔가 묻어두려고 했어요. 강아지처럼요! 하하.

소시지를 주면 하루 종일 소시지를 입에 물고 여기에 묻었다가, 저기에 묻었다가, 잘 있는지 확인했다가, 다시 꺼내

입에 물었다가를 반복했어요. 아주 가끔 먹는 일도 있었는데, 그럴 때면 비닐만이 남아 바닥에 굴러다니고는 했지요.

하루 일과를 마치고 퇴근 시간이 돌아오면 쫑투를 안고, 이모들과 인사를 나누고 밖으로 나와요. 그리고 우린 다시 빨간 티코를 타고 집으로 돌아가거나 날씨가 좋은 날이면 함께 걸어서 집으로 돌아갔어요.

이모들도 모두 인사를 나누고 각자의 집을 향해 떠나죠. 이모들이 각자의 집에 돌아가 짐 정리를 시작해요. 가방을 열어 물건들을 하나씩 꺼내죠. 그럼 이모들의 가방 안에서 천하장사가 나오고는 했어요. 바로 쫑투가 나중에 먹으려고 숨겨놓은 바로 그 천하장사죠. 쫑투가 언제, 어떻게 먹으려고 이모들 가방 안에 소시지를 묻어놓는 것인지는 알 수 없었어요. 소시지를 발견한 이모들 얼굴에 미소가 번졌답니다.

# 어젠 쫑투가 아팠어요

어제 새벽이었어요. 최근 들어 쫑투가 켁켁거리는 일이 잦은데요, 어제 새벽 시간에도 잠을 자다가 켁켁거리기 시작했어요. 나도 바얼님도 놀라 일어나 켁켁거리는 쫑투를 지켜봤어요. 식도에 뭐가 걸린 것인지, 기도에 뭐가 걸린 것인지는 모르겠지만 그렇게 한참을 켁켁거리더니 쓰러지듯 옆으로 누워서 켁켁거리기도 했어요.

켁켁거리는 가운데 몸에 힘이 빠지는데, 그 모습을 보고 너무 놀랐어요. 나이가 많아서 켁켁거리는 증상조차 힘겨워하는 것 같아요.

오늘 아침엔 바얼님과 이런 대화를 나누었어요.

나 : 쫑투가 내년에 떠나게 될까요?

바얼님 : 그럴 수도 있고, 최근 몸 상태를 보면 올해를 넘기지 못할 수도 있다는 생각이 들어요.

나 : …….

살얼음판 위를 걷는 느낌입니다.

언제 갑자기 쫑투가 우리 곁을 떠날지…… 두렵습니다.

# 우리 쫑투는 속박과 구속을 싫어합니다

건강하고 활발했던 쫑투의 젊은 날들을 떠올리면 재미있는 장면들이 많이 떠오릅니다. 오늘은 그중 몇 가지를 기록하려고 해요.

우리 쫑투가 한 살 정도였을 때, 일부러 거울을 보여준 적이 있어요. 놀라라고요. 정말 놀라더라고요. 거울 속에 다리가 네 개 달린 웬 생명체가 자기를 노려보고 있으니 놀라지 않을 수가 없죠. 그 이후에는 일부러 거울을 보여줘 놀라게 한 일은 없어요. 하지만 집 안 곳곳에 있었던 장식장 유리에 비친 자신의 모습을 보고는 계속 놀라고 짖고 울고 그랬답니다. 그래서 바얼님은 얇은 천을 구해다가 집 안 쫑투의 모습

이 보이는 유리들을 모두 가려버렸어요. 이사 온 집에 와인셀러가 있더라고요. 유리로 되어 있어요. 시력을 거의 잃은 쫑투가 설마 그 유리를 바라볼까 싶었는데, 바얼님의 증언에 따르면 어느 날 쫑투가 와인셀러 유리에 보이는 자신의 모습을 보고 멍멍 힘차게 짖더랍니다. 최근에 나이가 들면서 짖는 일이 거의 없어졌는데요, 정말 오랜만에 짖는 모습을 보게 되었다고 해요. 반가운 일이었어요.

쫑투의 첫 방귀도 떠오르네요. 침대 위에 올라와 엎드려 잠을 자고 있던 쫑투가 아주 작고 귀여운 "뽕~!" 하는 방귀를 뀌었어요! 그 느낌과 소리에 본인이 얼마나 놀라던지 저도 같이 깜짝 놀랐던 기억이 나요. 첫 방귀에는 놀라서 도망치듯 자리를 옮겼는데요, 그 이후부터는 막 찾으러 돌아다니더라고요. 자신의 방귀 소리에 놀라 그 소리의 정체를 찾기 위해 열심히 움직였던 거죠. 너무너무 귀여웠어요. 요새는 방귀가 나오는 횟수도 많이 늘었고요, 더 이상 관심이 없는지 무덤덤하게 있어요. 가끔 요상한 냄새가 나더라도 '그러려니~' 하는 것 같고요. 나이가 들면 만사 귀찮아지잖아요. 우리 쫑투도 그런 것 같아요. 익숙해지기도 했겠고요.

# 쫑투의 발바닥

쫑투가 딸기를 먹으면 쫑투의 온몸에서 딸기향이 납니다. 쫑투가 바나나를 먹으면 온몸에서 바나나향이 납니다. 그렇게 우리 쫑투는 모든 향을 다 흡수한 후 내뿜습니다. 나이가 드니 쉬야를 하고 쉬야를 몸에 묻히고 나오는 때가 많은데요. 그러니 이젠 우리 쫑투 몸에서는 쫑투 쉬야 냄새가 자주납니다. 그 냄새조차 향기롭습니다, 딸기향처럼요!

우리 쫑투는 나와 함께 매우 따뜻하게 지내왔습니다. 나는 어릴 때부터 따뜻하고 뜨거운 것을 좋아하는 엄마의 영향을 받아 한겨울에도 반팔, 반바지를 입고 지낼 수 있을 만큼 집안 곳곳을 따뜻하게 유지하며 지냈습니다. 쫑투 역시 그런

환경을 만들어 지내는 엄마를 만났으니 따뜻하고 뜨거운 것을 좋아할 수밖에 없었습니다. 겨울이면 우리 쫑투는 바닥 중 가장 뜨거운 곳을 골라 앉습니다. 그곳에 손을 넣고 만져보면 우리 집 마루에서 가장 따뜻하게 난방이 되는 곳이라는 것을 알 수 있습니다. 겨울에 손이 시릴 때면 쫑투가 앉아 있는 바로 그 바닥에 손을 올려두면 된답니다.

보통의 강아지들은 부르면 쳐다본 후 "이리 와~" 하면 옵니다. 물론 안 그러는 강아지들도 많겠지요. 쫑투는 후자에 속합니다. 이름을 부르면 귀찮다는 듯이 쳐다본 후 무시합니다. "이리 와~" 하면 고개를 돌리고 잠들어버립니다. 그렇게 우리 쫑투는 시크한 도시 강아지입니다.

쳇. 지금은 아무리 불러도 반응이 없습니다. 귀가 들리지 않기 때문입니다. 이리 오라고 손을 흔들어도 반응이 없습니다. 보이지 않기 때문입니다.

쫑투의 발바닥은 매우 부드럽습니다. 겨울을 제외하고 산책을 자주 데리고 나간 편이었는데요, 아무리 돌아다녀도 우리 쫑투의 발바닥은 딱딱해지지 않았습니다. 그래서 가끔 우리 쫑투의 부드러운 발바닥을 만지게 된 친구들이 나를 구박했습니다.

"얘, 산책 좀 시켜라!"

나는 늘 억울했습니다. 지금 우리 쫑투가 18세이니 18년 동안 여기저기 많이 걸어 다녔습니다. 그럼에도 아기 발바닥처럼 부드럽습니다. 할머니 강아지가 된 우리 쫑투의 발바닥은 지금 아기 발바닥처럼 부드럽고 예쁩니다.

# 협상가, 박쫑투

개와 함께하지 않는 분들이 생각하시는 것보다 개들의 지능은 뛰어난 것 같아요. 함께하는 동안 그 똑똑함에 깜짝깜짝 놀랄 일들이 참 많거든요.

쫑투는 이모들의 이름을 참 잘 외웁니다. '박가'라는 이모가 우리 집에 놀러 오면 쫑투에게 알려주었습니다.
"이 이모 이름은 박가 이모야."
그러고는 대화 중 자연스럽게 "박가야."라는 호칭을 부르게 되니 쫑투 귀에도 '박가'라는 이름이 쏙쏙 들어가겠지요.

어느 날, '박가 이모'가 우리 집에 놀러 온다고 하면 이모가

도착하기 전에 미리 쫑투에게 말을 해둡니다.

"쫑투야, 박가 이모 온대."

그 말을 듣자마자 쫑투는 현관문 쪽으로 뛰어간다거나 현관문 쪽을 바라보고 앉아 이모를 기다린답니다.

쫑투는 해당 이름의 이모들이 도착할 때까지 하염없이 기다려요. 그러니 쫑투에게 말할 타이밍이 매우 중요합니다. 괜히 애 고생시킬 필요는 없으니까요.

쫑투는 자신의 응가와 쉬를 가지고 협상을 합니다. 원하는 것이 있으면 화장실에 가서 쉬야와 응가를 하지만, 원하는 것이 이루어지지 않으면 마룻바닥이나 이불 위 등 우리가 싫어할 만한 곳에 가서 응가와 쉬를 하지요. 아주 훌륭한 협상가입니다. 결국 우리는 그녀가 원하는 대로 하게 되거든요. 이불에 쉬를 하는 건 막아야 하니까요.

살면서 자동차를 몇 번 바꿀 일이 있었습니다. 새 차가 도착을 하고, 새 차 주인이라면 모두 그러하듯 보물단지 모시듯 차를 모시는 시간을 보내지요. 그러나 쫑투를 새 차에 태워

야 하는 일이 꼭 생겨요. 그럼 일이 벌어집니다. 새 차에는 자신의 냄새가 전혀 없어서인지 꼭! 꼭! 꼭! 새 차 시트에 쉬를 합니다. 차주인 우리에게는 비극적인 일이지만, 우리 쫑투에게는 별일이 아닙니다. 그저 자신의 체취를 남기고 싶어서, 그냥 쉬야가 마려워서 싼 것일 뿐이니까요. 아…….

앞서 쫑투와 둘이 원룸에서 살았다는 이야기를 적은 바 있습니다. 꽤 오래 살았어요. 5년 정도 살았던 것 같아요. 우린 그 집 근처 이곳저곳으로 함께 산책을 자주 다녔습니다. 산책을 마치고 집 근처 골목에 다다르면 우리 쫑투는 자기가 먼저 쌩하고 골목을 돌아 집 앞으로 가서 섭니다. 정말 천재적이지 않습니까! (다른 집 강아지들도 다 그렇죠? 죄송합니다.)

이사를 했어요. 원룸이 있던 골목엔 1년에 한 번 정도씩 들르게 되었어요. 1년이라는 긴 시간이 지나도, 2년이라는 긴 시간이 지나도 우리 쫑투는 우리 원룸 근처를 걷다 보면 꼭 골목을 돌아 우리가 살던 집을 찾아 꼬리를 힘차게 흔들며 그 앞에 섭니다. 그 모습에 웃음도 나고, 눈물도 나더라고요. 눈물은 왜 났는지 모르겠네요.

이 글을 쓰고 있는 2020년 12월 11일, 18세의 삶을 살고 있는 우리 쫑투. 약 3년 전부터는 우리가 함께 살던 원룸 골목 앞에 가서도 골목을 돌거나 그 집을 찾지 않게 되었습니다. 결국 잊은 모양입니다.

# 사랑하는 쫑투는 예쁘기도 하지요

이 글을 읽으시는 분들이 우리 쫑투 모습을 궁금해하실 것 같다는 생각이 들었습니다. 음… 한마디로 표현하자면… 쫑투는 '토끼'입니다, 하하. 우리 쫑투는 귀가 아주 큽니다. 얼굴과 머리, 몸 앞은 흰색이에요. 말티즈처럼요. 등 쪽은 요크셔테리어 실버의 색을 하고 있고요. 그리고 아주 큰 귀를 가졌습니다.

한강으로 산책을 자주 나갔어요. 걷다 보면 이런 말이 꼭 들립니다.

"어머, 쟤 토끼 같아."

"토끼야?"

우리 들으라고 던지는 말이니 잘 들어야지요. 맞습니다. 우리 쫑투의 외모는 개가 아니라 토끼와 유사합니다.

쫑투는 밥투정이 심한 편이었고, 지금도 그렇습니다. 입이 짧다고 해야 할까요? 맛있는 음식을 줘도 몇 번 반복해 먹으면 곧장 그 음식을 거부해버립니다. 하긴 사람에게도 같은 음식을 몇 날 며칠 준다고 생각하면 얼마나 물릴까요. 그래서 이해는 합니다만, 까다롭기는 한 편입니다. 지금은 까다롭게 군다는 생각을 하지 않습니다. 그저 뭐든 먹어주면 감

사하다는 마음뿐이지요. 노견은 먹지 않으면 끝이라는 생각에, 우리 쫑투가 식사를 거르지 않고 맛있게 먹을 수 있는 음식들을 구해다가 자주 바꿔주며 공급해주고 있습니다. 식사 메뉴 선정과 구입은 바얼님이 해주고 있습니다. 참으로 감사한 일입니다.

쫑투 주제가가 있습니다.
"사랑하는 쫑투는 예쁘기도 하지요. 눈도 반짝, 코도 반짝, 입도 반짝 반짝."
이 노래를 늘 불러줬습니다. 평생 말이에요. 지금은 귀가 들리지 않아 몸에 입을 대고 불러주곤 합니다. 쫑투가 내 곁을 떠나는 날에도 우리 쫑투 주제가를 불러줄 생각입니다. 조금 더 편안한 마음으로 떠날 수 있게 말입니다. 쫑투가 귀찮아할까요? 안 부르는 게 나을까요? 흠…… 그래도 불러주렵니다.

# 할머니와 쫑투

바얼님과 쫑투가 먼저 방에 들어가 잘 때가 많았어요. 나는 마루에서 책을 읽거나 텔레비전 방송을 보기나 하면서 시간을 보냈고요. 일과를 마치고 내가 방에 들어가 합류하기 전까지 우리 쫑투는 자다 깨다를 반복하면서 나를 만나러 마루로 나와주었어요. 아침이면 반갑다고 발등에 뽀뽀를 해주고, 밤에는 졸릴 텐데도 왔다 갔다 하면서 인사하러 나와주고. 그 모습이 참 예뻤어요.

지금은 쫑투가 자는 시간에 모든 가족이 안방에 들어가 함께 잠들어요. 쫑투가 무호흡증을 앓고 있기도 하고 눈이 안 보여 화장실 입구를 찾는 데 어려움을 겪어서 밤에는 특히 나 곁에 함께 있어야 한답니다.

내가 외출을 하고 돌아와서 보면 우리 쫑투가 나를 기다리다가 잠들었다는 것을 알 수 있어요. 쫑투는 안방 이불 위에서 자는데요, 내가 외출을 한 날이면 문에서 가장 가까운 곳에 자리를 잡고 잠들어 있지요. 바얼님이 말해주었는데요, 내가 외출을 하고 있는 동안 쫑투가 그렇게 하울링을 한대요. 맑고 곱던 하울링 소리가 이제는 탁하고 무거운 소리로 바뀌었지만요. 쫑투의 하울링 소리를 들으면 마음이 아파요. 슬퍼서 우는 경우가 대부분이거든요. "엄마, 어서 와요", "엄마, 어디에 갔어요?" 하며 펑펑 우는 것 같아요.

쫑투는 매일 바얼님의 퇴근을 기다려왔습니다. 도대체 무엇으로 바얼님의 퇴근 시간을 짐작하는 것인지는 알 수 없지만 정확하게 바얼님이 퇴근하는 때가 오면 현관문을 바라보고 앉아 하염없이 기다렸답니다.

얼마 전부터는 바얼님의 퇴근을 기다리지 않아요. 그냥 쫑투 방석에 누워 잠을 잡니다. 심지어 바얼님이 퇴근을 해서 돌아와 인사를 해도 꼬리를 안 흔들어주는 날도 많아졌어요. 오늘은 꼬리를 흔들어주었고요! 쫑투에 대한 바얼님의 마음은 넓고, 깊습니다. 뭐라고 표현을 할 수 없을 정도로 쫑투에게 헌신하고 잘해준답니다. 그런 바얼님의 퇴근을 더 이상 기다리지 않고, 반가움의 꼬리 흔들기도 안 해주는 쫑투를 보면서 바얼님에게 괜히 죄송한 마음이 들기도 해요.

쫑투를 처음 데리고 온 날부터 지금까지 쫑투는 가끔 할머니를 만납니다. 엄마는 나와의 전화 통화에서도 쫑투를 바꾸라며 "쫑아~ 할머니야. 잘 지내니?"라고 말씀하세요. 그럼 쫑투는 전화기에 뽀뽀를 하기도 하고, 꼬리를 마구 흔들기도 했답니다.

얼마 전에 엄마가 우리 집에 놀러 오셨어요. 오랜만에 쫑투
를 보시고는 잘 걷지도 못하고, 보지도 못하고, 듣지도 못하
는 모습을 보고는 너무 마음 아파하셨어요. 그래도 "쫑아~
할머니야. 잘 있었니?"라며 인사를 해주셨어요. 물론, 쫑투
는 아무런 반응도 하지 않았습니다.

# 깜비와 함께

깜비는 쫑투의 친구이고, 쫑투는 깜비의 친구입니다. 깜비는 쫑투와 동갑인 요크셔테리어 강아지랍니다. 깜비는 2009년부터 2018년까지 무려 10년을 우리와 함께했습니다. 깜비는 2018년 9월 25일 밤 11시 33분에 우리 곁을 떠났습니다. 지금은 유골함을 간직하고 있어요. 남은 세 식구가 여행을 갈 때면 바얼님은 꼭 깜비를 챙긴답니다. 앞으로도 어디든 함께 다닐 거고요.

깜비는 강아지 형상의 우리 아들입니다. 바얼님의 부모님 댁에서 지내던 깜비가 우리와 함께 지내게 되었습니다. 깜비도 혼자였고, 쫑투도 혼자였기에 바얼님과 의논하여 동

거를 결정했습니다. 혼자 지내왔던 깜비에게도, 쫑투에게도 새로운 친구가, 식구가 생기게 된 것입니다. 그렇게 우리의 10년이 시작되었습니다.

깜비와 쫑투는 친하게 지냈을까요? 하하. 아닙니다. 둘은 친하지 않았어요. 둘은 언제나 남 보듯 하면서 서로의 존재를 모르는 듯 지내고는 하였어요. 아, 쫑투가 생리를 하는 기간을 제외하고요! 사람 형상의 가족과 지내는 것이 익숙한 강아지들이니 자신과 비슷하게 생긴 생명체의 등장은 깜비와 쫑투 모두에게 참으로 낯설고 이상한 경험이었을 거예요.

결국 시간이 흘러 그 낯선 마음도 눈 녹듯 사라졌겠지만요.

깜비가 떠난 날, 눈을 감고 누워 있는 깜비 옆으로 쫑투를 데리고 가서 인사를 시켜주었어요. 깜비를 화장하던 날 아침에도 화장터에서 화장하기 전에 인사를 시켜주었지요. 하지만 쫑투는 누워 움직이지 않는 깜비를 보고 싶어 하지 않는 것 같았어요. 아직도 그 이유는 모르겠지만, 뭔가 회피하는 느낌이었어요.

흠…… 글을 적다 보니 깜비가 많이 보고 싶어지네요. 유골함을 열고, 잠시 인사를 나누어야겠어요.

# 똘똘한 깜비

날씨가 좋은 날, 온 가족이 한강으로 산책을 나갔습니다. 바얼님은 깜비 줄을, 나는 쫑투 줄을 쥐고 넷이 인도 위를 걸었습니다. 깜비는 쫑투보다 호기심이 많은 강아지였어요. 한강변을 걷는 양상은 둘이 많이 달랐습니다. 쫑투는 이순재 씨처럼 직진하는 스타일의 산책을 했고요, 깜비는 한강변 이곳저곳을 탐색 혹은 탐험하듯 천천히 살피며 걷는 산책을 했어요.

쫑투의 산책 스타일이 직진이다 보니 늘 깜비와 바얼님이 우리 뒤를 따르는 양상이었지만, 종종 깜비와 바얼님이 쫑투와 나를 앞질러 걷는 때가 있었답니다. 그럴 때면 탐험을 하면서도 앞서 걷는 깜비는 온 가족의 안위를 챙기고는 했습니다. '직진 쫑투'는 누가 자기의 줄을 잡았거나 말거나, 다른 가족이 잘 따라오고 있거나 말거나 상관없이 무조건 앞으로 걷기만 했지만 깜비는 달랐어요. 깜비는 언제나 온 가족을 하나하나 챙겼습니다. 거리가 너무 멀어지면 기다리기도 하고요. 아마도 깜비는 스스로를 우리 집 가장이라고 생각하며 살았던 것 같습니다. 우리 식구를 지키는 수호신처럼요. 아 참, 또 하나의 차이가 있네요. 쫑투는 한강변 인도 위를 걷는 것을 선호하는 반면에 깜비는 흙길 위를 걷는 것을 참 좋아했습니다.

쫑투를 비하하고 싶은 마음은 하나도 없습니다만, 깜비와 함께 지낸 10년의 시간을 되돌아보면요, 아무래도 쫑투보다 깜비의 머리가 더 비상하다는 생각을 안 할 수가 없습니다. 깜비는 자신이 걷는 길에 나타나는 그 어떤 장애물도 잘 넘고 잘 피해, 결국 원하는 길을 걷고야 말았습니다. 무언가를 찾는 놀이를 할 때도 깜비는 쫑투와 비교할 수 없을 정도로 빠르게 찾아내고는 했지요. 깜비는 좁고 긴 공간으로 숨는 법도 알았고, 그 공간을 자동차 후진하듯 후진하여 나오고는 했어요. 쫑투는 아예 숨는 법 자체를 모를 뿐 아니라, 좁고 긴 공간에 들어가면 후진하는 법을 몰라 갇혀버리거든요. 깜비는 정말 똘똘한 강아지였어요.

깜비가 쫑투에 비해 월등한 능력을 발휘하는 또 다른 분야가 있습니다. 바로 수영입니다. 강아지 수영장이 있는 애견 펜션에 놀러 가 처음으로 깜비와 쫑투가 수영을 하던 때가 떠오릅니다. 깜비는 마치 수영을 배웠던 아이처럼 정말 우아하게 수영을 해냈어요. 쫑투는 눈이 빠질 듯이 커지고, 발놀림은 마치 죽기 싫은 강아지처럼…… 그렇게 수영을 했어요. 바얼님이 일명 '생존 수영'을 했다고 표현할 정도였습니다. 하지만 깜비는 달랐어요. 저 끝에서부터 이 끝까지 깜비는 표정 하나 바뀌지 않고 우아한 발놀림으로 멋진 수영을 해냈답니다. 깜비에게는 심장병과 기관지협착증이라는 병이 있었어요. 그래서 수영을 마음껏 시킬 수는 없었지만, 깜비가 얼마나 아름다운 수영선수였는지 우리 가족은 기억하고 있습니다.

**내 늙은 강아지, 쫑투**

# 서강대교 표지석은 깜비 표지석이기도 해요

먼저 떠난 깜비를 조용히 떠올려보면 여러 일화가 떠오릅니다. 제가 기억력이 좋지 않아서 이 정도이지, 10년간 얼마나 많은 일들이 있었겠습니까. 그중 몇 가지만 소개해볼까 합니다.

어느 날, 친한 이모가 놀러 왔습니다. 이모는 가방 안에 자신이 먹을 음료와 큰 빵을 하나 넣어 왔어요. 그런데 그 빵을 깜비가 본 것입니다. 깜비는 아무도 눈치채지 못하게 그 빵을 가지고 자신의 집으로 들어갔어요. 깜비는 그 큰 빵의 비닐을 뜯기 시작했고, 결국엔…… 해냈습니다! 큰 빵을, 작은 몸집의 깜비가 다 먹기에는 불가능해 보이는 그 큰 빵을

순식간에 먹어치웠답니다. 우리는 탈이 나면 어쩌나 하고 걱정을 했지만, 기억에 큰 탈 없이 지나갔던 것 같아요. 그 이후로 우리는 깜비를 깜비가 아닌 빵비라고 부르기 시작했답니다.

사실 깜비의 애칭은 더 많답니다. 과연 이것을 '애칭'이라 표현하는 것이 맞을지 모르겠지만, 음…… 그렇다면 '별명' 정도로 표현해보도록 하지요. '빵비' 외 또 다른 깜비의 별명으로는 이러한 것들이 있습니다. 토비, 껌비, 똥비, 김치비가 그것입니다. 긴 설명은 생략하는 것으로 하겠습니다. 식사를 하면서 이 글을 읽고 계실 분들도 있을 것 같아서 말입니다.

남아인 깜비는 쉬야를 한쪽 다리를 올리고 했지요. 산책을 하면서도 곳곳에 자신의 흔적을 남기고는 했는데요, 안정적이던 쉬야하는 모습이 시간이 흐를수록 점점 굉장히 불안정해졌습니다. 나이가 들어가면서 점점 다리 근육이 빠지고 그러다 보니 쉬야하는 모습도 힘겨워 보이기 시작했습니다. 깜비가 쉬야를 하는 모습을 보면서 "아이고, 저러다가 한 번 뒤로 넘어가지."라는 말을 몇 번이나 했는지 몰라요. 다행히 깜비는 떠나는 그날까지 뒤로 넘어가지 않는, 곡예를 하는 것과 같은 포즈로도 씩씩하게 쉬야를 해냈습니다. 기특합니다.

뒤로 넘어갈 듯 위태롭게 쉬야를 할 때까지도 깜비는 한강 산책 시 꼭 이곳에 쉬야를 했습니다. 한강변 산책의 시작을 알리는 깜비의 신호였다고 할까요. 당시 우리 집은 서울시 마포구 창전동이었어요. 지하철로는 광흥창역이 있고, 한강변은 집에서 5분 거리에 있었습니다. 온 가족이 집을 나서 한강변으로 나가면 바로 앞에 서강대교가 보였어요. 그리고 강 쪽 위 땅에 서강대교임을 나타내는 작은 표지석이 있습니다. 바로 그 표지석, 그곳에 다다르면 깜비는 그 표지석에 멋지게 자신의 흔적을 남겼어요. 깜비와 서강대교 표지석은 뗄 수가 없는 관계랍니다.

깜비가 떠나고 바얼님은 깜비의 유골함을 가지고 그 표지석에 다녀오기도 했어요. 지금은 다른 지역으로 이사를 해서 멀어졌지만, 다음에 서강대교 한강변을 찾을 기회가 생기면 표지석을 찾아야겠습니다. 서강대교 표지석은 깜비 표지석이기도 하니까요.

# 깜비와의 이별

깜비는 애견 펜션 적응력이 상당히 좋았어요. 쫑투는 어느 펜션에 가도 낯설어서인지 나만 졸졸 따라다니는 편이었지만 깜비는 달랐어요. 새로운 곳에 가면 마치 한강 산책 때처럼 깜비는 펜션 마당 이곳저곳을 살피며 다녔어요. 바얼님과 나는 자주 이런 말을 나눴지요.

"우리 깜비는 공항 검색견 같은 것 시켰으면 아주 잘했을 거예요."

깜비가 우리 곁으로 오고 얼마 지나지 않았을 때, 온 가족이 서해를 찾았어요. 그 넓고 조용했던 해변을 깜비가 얼마나 씩씩하고 빠르게 뛰어다녔는지 그 모습을 잊을 수 없어요.

하지만 깜비에게는 지병이 있었고, 그 이후 다시는 볼 수 없는 모습이 되어버렸어요.

깜비는 심장병과 기관지협착증으로 고생을 했기 때문에 체중 조절이 필수였어요. 그래서 바얼님은 사료를 채식사료로 바꾸고, 고기 섭취를 최소화하도록 하였어요. 점점 날씬해지던 깜비의 상태도 호전되었어요. 우리 강아지들을 살펴주시던 동물병원 의사 선생님은 항상 말씀하셨어요. "기적의 깜비입니다."라고요.

'기적의 깜비'는 무려 16년을 살고, 지난 2018년에 우리 곁을 떠났습니다. 깜비는 점점 말라갔고, 기침을 심하게 했어요. 맘마 소화를 잘 못 시키기 시작했고, 다리 근육이 너무 없어서 비틀거렸지요. 그러던 어느 날, 정말 갑자기 우리 곁을 떠나버렸답니다. 깜비가 의식을 잃는 순간에 가슴을 압박했는데, 그것 때문이었는지 깜비는 마지막 깊은 숨을 쉬고 잠들어버렸답니다.

우리 집 소파에 앉아서 보면 가장 잘 보이는 곳에 깜비의 유골함을 두고, 깜비를 지키는 수호 인형도, 작은 꽃다발도 함께 두었어요. 온 가족이 여행을 떠날 때면 바얼님은 항상 깜비도 데리고 가요. 깜비가 떠난 후 바얼님과 깜비만 여행을 떠난 적도 있고요.

오늘은 2020년 12월 31일입니다. 2020년의 마지막 날이고, 내일은 2021년이 시작되는 날이에요. 몇 시간만 지나면 우리 쫑투가 19세 할머니 강아지가 됩니다. 우리 깜비가 하늘나라에서 우리 쫑투 만날 날을 기다리고 있었으면 좋겠습니

다. 우리 쫑투가 하늘나라로 떠나는 그날에 우리 깜비와 상
봉할 수 있었으면 좋겠습니다. 이곳에서처럼 둘은 데면데면
하겠지만 그래도 이곳에서처럼 함께할 수 있기를 바랍니다.

깜비야, 쫑투 잘 부탁해.
사랑한다.

# 쫑투와 나의 하모니카

19세가 된 쫑투는 대체로 건강한 편입니다. 물론 급격하게 노화가 진행 중이고, 그에 따른 변화에 적응하느라 쫑투도 바얼님과 나도 마음고생, 몸 고생이 심하지요.

쫑투는 건강하게 지내다가 2017년 4월 2일에 자궁축농증으로 큰 수술을 받았습니다. 평소에 강아지 중성화 수술을 미리 하는 것이 좋을지, 아닐지에 고민만 하다가 수술 시기를 놓치게 되었고, 결국 자궁축농증이 발병하여 늦은 나이에 중성화수술을 하게 만들었습니다. "쫑투가 나이가 많아서 마취 때문에 죽을 수도, 회복을 못 해서 죽을 수도 있어요." 라는 의사 선생님의 말씀을 듣고도 우리는 수술을 시키기로 결정을 했습니다.

다행히 수술은 잘되었는데, 회복이 문제였어요. 쫑투가 오랜 시간 동안 회복을 못 하고, 말라만 가는 것이었습니다. 4월이라 갖가지 예쁜 꽃들이 피는 아름다운 날들이 이어지는 가운데 바얼님과 나는 매일 의식을 되찾지 못하고 말라만 가는 쫑투를 보며 울기만 했습니다. 엄마들이 눈물을 흘리는 것을 알아차렸는지 우리 쫑투는 결국 힘을 내기 시작했어요. 다시 힘차게 걷고, 먹고, 쌀 수 있게 되었답니다.

앞에도 잠시 적었지만 쫑투는 다소 큰 유선종양을 가지고 있고, 백내장이 심하고, 췌장과 신장 그리고 관절이 좋지 않습니다. 난청이라 소리를 거의 듣지 못하고요. 최근에는 뒷다리의 근육이 많이 빠져서 맨바닥 위를 잘 걷지 못합니다. 쉬야와 응가를 할 때에도 다리에 힘이 풀려 예전처럼 깔끔하게 일을 볼 수 없게 되었고요. 쉬야 컨트롤도 잘하지 못합니다. 쉬야가 마려우면 언제나 화장실에 가서 볼일을 봐왔던 쫑투가 최근에는 집 안 곳곳에 쉬야를 흘리고 다니고, 눈이 안 보여 화장실 찾기에 어려움이 생기자 이불 위며, 마루며 온 곳에 쉬야를 하고 있습니다. 그래서 쉬야와 응가를 하고 싶어 하는 것 같을 때면 쫑투를 들어 올려 화장실에 데리고 가고 있습니다. 시간이 지나면 응가를 자기 힘으로 하고 싶어도 못 할 수도 있을 것 같아요. 그럴 때면 뒷다리를 잡아주어야겠다고 생각하고 있습니다.

우리 쫑투는 하모니카 소리를 참 싫어했어요. 내가 하모니카를 들고 불면 막 화를 내듯 "멍멍!" 짖었답니다. 지금은 더 이상 짖지 않아요. 하루 종일 하모니카를 불어도 짖지 않습니다. 이상하리만큼 짖지 않습니다. 가끔 쫑투 목소리가 그리워 짖어줬으면 좋겠다는 생각을 합니다.

"멍멍!" 강아지의 짖는 소리를 이렇게 그리워하게 될지 정말 몰랐어요. 요새 우리 쫑투는 짖을 힘을 잃은 것 같아요.

# 쫑투와 펜션 여행

쫑투와 만난 것이 19년 전이니 그 당시에는 강아지와 함께 머물 숙소 찾기가 쉽지 않았어요. 쫑투와는 제주도 빼고 거의 다 다녀본 것 같아요. '애견 펜션'이라는 곳을 찾기 어려웠던 시절부터 쉽게 애견 펜션을 찾을 수 있는 최근까지도요. 쫑투와 함께하는 여행은 언제나 번잡스러웠지만, 언제나 행복했습니다. 다음 주말에 우리 가족이 즐겨 찾는 강아지 동반 펜션 '★★펜션'으로 여행을 떠납니다. 19세가 된 쫑투의 2021년 첫 여행이 되겠네요.

우리는 몇 년 전부터 독채펜션인 ★★펜션에만 가요. 원래는 서해를 즐겨 찾았고, 강아지 운동장과 수영장이 있는 펜션을 찾아다녔어요. 쫑투와 깜비가 소리도 잘 듣고, 눈도 잘 보이고 할 때에는 전혀 문제가 없었지요. 다른 강아지 친구들과 섞여 노는 모습이 얼마나 귀엽고 기특했는지 말도 못해요. 그런데 어느 날부터 우리 강아지들이 엄마들이 부르는 소리도 못 듣고, 잘 보이지를 않으니 걷지도 못하고, 다른 강아지들과 어울리는 일 자체가 불가능하게 되고 말았어요. 펜션에 가면 그저 멍하니 서 있는 우리 쫑투와 깜비의 모습을 보면서 더는 다니지 말아야겠다는 생각을 했고, 우리는 우리 강아지들이 천천히 걷고 조용히 엄마들과 시간을 보낼 수 있는 독채 펜션만을 찾기 시작했어요.

앞으로 몇 번이나 더 쫑투와 함께 ★★펜션으로 여행을 떠날 수 있을지 모르겠네요. 몇 번이 되었든 떠날 수 있을 때, 떠나고 싶을 때 쫑투를 안고 떠나려고 합니다. 우리 쫑투가 펜션 마루에서 하루 종일 잠만 자더라도 말이지요.

# 쫑투의 하루

추위를 많이 타는 쫑투는 겨울 산책을 하지 않습니다. 발이며 몸이며 너무 추워서 아예 데리고 나갈 수가 없어요. 그래서 요즘 우리 쫑투의 하루 일과는 매우 단조롭습니다.

아침 8시가 되면 기상합니다. 여기저기에 쉬야와 응가를 해두고, 마루로 나가 마룻바닥 위에 깔아놓은 이불 위를 어슬렁어슬렁 걸어 다닙니다. 부엌 방향을 바라보면서요! 아침 식사를 내놓으라는 뜻입니다. 나는 재빠르게 쉬야와 응가를 처리하고, 쫑투 맘마를 제조하기 시작합니다. 쫑투 맘마에는 다음과 같은 것들이 들어갑니다. 유산균, 관절염 예방약, 신장보조제. 약들을 모두 갈아서 가루처럼 만든 후에 사료와 과일을 섞은 후 물을 약간 넣어 완성을 합니다. 눈이 잘 보이지 않는 쫑투는 밥그릇을 옮기는 내 모습도, 밥그릇의 위치도 알아보지 못합니다. 나는 밥그릇과 쫑투를 들고 쫑투의 식사 자리로 옮겨 쫑투가 밥그릇 속의 맘마를 먹을 수 있도록 돕습니다.

아침 식사를 마친 쫑투는 마루 소파 옆에 있는 갈색 쫑투 방석 위로 올라가 아침잠을 청합니다. 쫑투는 금세 잠에 들고, 그렇게 오래 시간 잠을 잡니다. 처음으로 잠을 너무 많이 잔다고 느꼈을 때는 중간중간 애를 흔들어 깨우고, 같이 놀자며 억지로 일으켜 세우고는 했지만 지금은 그러지 않습니다. 지금은 나이가 들어 잠이 많아진 거라는 사실을 깨닫게 되었거든요.

쫑투의 배꼽시계가 울리면 그제야 몸을 일으켜 세웁니다. 그러고는 한번 짖는 법 없이 마루 위를 배회합니다. 바로 이 순간에 놀자고 달려들어 아이를 귀찮게 합니다. 그러면 쫑투는 진심 귀찮아합니다. 크크. 그렇게 조금이라도 몸을 움직일 수 있도록 하고 나서 나는 쫑투의 저녁 식사를 준비합니다. 얌얌 저녁을 맛있게 먹은 쫑투는 다시 갈색 쫑투 방석 위로 올라가 잠을 청합니다. 바얼님이 퇴근해서 올 때까지 그렇게 또 잠을 잡니다.

우리 쫑투는 잠만 잡니다. 더 이상 바얼님의 퇴근 시간을 알아차리지도 못하고, 기다리지도 않으며, 꼬리를 흔들어주지도 않습니다. 대신에 퇴근한 바얼님이 잠든 쫑투 곁으로 가서 인사를 합니다. 그러면 쫑투는 일어납니다.

그렇게 일어난 쫑투는 저녁 시간에는 깨어 있습니다. 엄마들하고 놀기도 하고, 마루를 배회하기도 하고, 방 안의 문틈

사이에 갇히기도 하며 시간을 보냅니다. 그러다 온 가족이 잠들 시간이 되면 한 방에 옹기종기 모여 각자의 자리에 누워 잠을 잡니다. 쫑투도, 우리도 깊은 잠에 빠져듭니다. 어두운 방 안에는 쫑투와 내가 고는 코골이 소리가 울려 퍼집니다. 바얼님은 그 고통을 이겨내며 잠에 듭니다. 이렇게 우리의 하루가 지나갑니다.

# 눈에 넣어도 아프지 않을 거야

지금 쫑투는 깊은 잠에 빠져들어 있습니다. 혼자 안방에 들어가 자리를 잡고 누운 지 두 시간이 되어갑니다. 쫑투는 코를 골고 있고, 조금 전에는 아주 작게 멍멍 짖으며 달리는 시늉을 했습니다. 아마도 꿈에서 어딘가를 향해 짖으며 달려가는 모양입니다. 꿈에서만큼은 씩씩하고, 빠르게, 힘 있게 달리기를 할 수 있으면 좋겠네요.

어느 날, 이런 생각을 했습니다. '나는 쫑투를 얼마나 사랑하는 거지?' 금방 답을 찾았습니다. 입 밖으로 꺼냈습니다. "눈에 넣어도 아프지 않을 거야." 아닙니다. 쫑투를 눈에 넣으면 무지하게 아프긴 아플 것 같습니다.

예전에 싸이월드 미니홈피를 운영했어요. 미니홈피를 꾸밀 일도 많았죠. 다양한 미니홈피 배경 화면을 사서 깔고는 했지만, 변하지 않는 것이 있었어요. 바로 어떤 배경이든 그곳에는 항상 나와 쫑투의 미니미가 있었다는 사실입니다. 그렇게 우리는 오프라인 세상에서도, 온라인 세상에서도 늘 함께였습니다. 아주 가끔이기는 했지만 쫑투를 누군가에게 부탁하고 여행을 다녀올 때나 외출을 할 때에는 쫑투가 눈에 아른거려 여행이나 외출에 온전하게 집중하지 못할 때도 많았어요.

함께 해변을 거닐 때에는 새들이 내 작은 강아지, 쫑투를 물어 달아날까 봐 얼마나 조심스럽게 쫑투를 방어했는지 모릅니다. 새들로부터요!

해가 지는 해변에서의 일이었어요. 쫑투와 깜비와 바얼님을 남겨두고 나 혼자 바다 가까이로 걸어갔던 적이 있어요. 바다를 가까이에서 보고 싶었거든요. 몇 분 정도 바다를 보고 있는데, 잠시 뒤돌아보니 저 멀리에서 쫑투가 나를 향해 아장아장 걸어오는 게 아닌가요! 깜비와 바얼님을 떠나 쫑투가 나를 찾아 그 먼 길을 걸어오는 것입니다. 한참을, 정말 한참을 나만을 바라보며 걸어오는데 눈물이 났습니다. 그때의 그 장면을, 순간을 잊을 수가 없습니다. 그리고 그랬던 쫑투에게 많이 고맙습니다. 다시는 없을 일이지만 괜찮습니다. 내 마음에 깊이 새겨 두었으니 말입니다.

어머, 쫑투가 일어났습니다! 갈증을 느껴서 일어난 것 같아요. 오늘은 여기까지 씁니다.

# ★★펜션

쫑투와 함께 ★★펜션에 다녀왔습니다. 펜션 사장님께서는 늘 노견인 우리 쫑투의 관절을 생각해서 펜션 온 바닥에 매트와 이불을 깔아주시고, 쫑투가 좋아하는 작은 강아지용 텐트도 활짝 펼쳐주십니다. 정말 감사한 일입니다. 쫑투가 매트와 이불 위에 신나게 쉬야를 해대니 치우기도 만만치 않을 것 같은데, 한결같은 마음으로 이리 준비해주셔서 감사, 또 감사한 마음입니다.

★★펜션에는 응투, 막내, 텐이, 일레븐, 승소가 사장님 내외분과 함께 삽니다. 쫑투가 펜션에 도착하면 응투, 막내, 승소가 반겨줍니다. 그리고 사장님의 배려로 쫑투는 응투,

막내, 승소와 시간을 함께 보냅니다. 처음에는 낯선 환경에 적응하기 어려워했지만, 시간이 흐를수록 쫑투도 펜션을 우리 집처럼 편안하게 느끼는 것 같습니다.

우리는 ★★펜션에 정착했습니다. 더 이상 다른 펜션을 찾지 않습니다. 쫑투가 가장 익숙해하고, 항상 반겨주는 강아지 친구들이 있는 곳이어서 더 그렇습니다. 한번은 사장님께서 "다른 펜션에도 가봐요."라고 말씀하셨는데요, 우리는 그럴 뜻이 전혀 없습니다. ★★펜션은 우리 식구에게는 완벽한 여행 장소가 되었습니다.

아무래도 추운 겨울이나 무더운 여름에는 쫑투가 운신의 폭이 좁습니다. 우리만이 사용할 수 있는 드넓은 풀밭 위를 쫑투가 걸어 다니지 못합니다. 쫑투는 추위와 더위에 무척 약한 강아지라서요. 대신 넓은 실내 공간이 있고, 그 공간에 친구들이 자주 찾아와 주니 아무 문제 없습니다.

곧 2월입니다. 그리고 조만간 봄이 찾아오겠지요. 봄이 오면 다시 ★★펜션을 찾을 생각입니다. 따뜻한 봄날에 쫑투는 드넓은 잔디 위를 아장아장 걸어 다니게 될 거예요. 더 이상 뛸 수는 없어도 여전히 걸을 수 있어 괜찮습니다. 좋습니다.

# 온 바닥에 배변 패드

최근에 우리 쫑투 시력이 더 나빠졌습니다. 쫑투가 화장실을 잘 찾을 수 있도록 늘 화장실 전등을 켜놓고 자는데요, 그 불빛을 따라 걷던 쫑투가 이제는 그 불빛도 볼 수가 없는지 출입구를 전혀 찾지 못합니다.

눈이 보이지 않으니 식탁 안에 들어가서 의자 다리에 머리를 쿵쿵 부딪치고 다니고, 무엇보다 소변을 거의 가리지 못하게 되었습니다.

어디에를 가도 화장실을 찾아 쉬야를 하던 우리 쫑투는 이제 없습니다. 보이지 않으니 쉬야가 마려우면 어디든 가까운 곳에 하는 것 같아요. 그 빈도와 정도가 점점 더 심해지고 있습니다.

바얼님이 아이디어를 냈습니다. 쫑투가 머무는 주변에 배변 패드를 깔아주자는 것이었습니다. 처음에 나는 좋은 아이디어라고 생각하지 않았습니다. 그렇게 되면 내가 해야 할 일이 더 늘어나는 것이니까요. 오줌에 젖은 이불도 더 자주 빨아야 하고, 배변 패드 관리도 또 따로 해야 하니 말입니다. 하지만 바얼님의 생각을 따르기로 하고, 바얼님은 여기저기에 배변 패드를 깔아 두었습니다.

그러자 쫑투가 마루에 있는 쫑투 방석에서 잠을 자다가도 일어나 바로 앞에 있는 배변 패드 위에 올라가 쉬야를 하고, 안방에서 잠을 자다가도 바닥에 깔아놓은 패드 위에 쉬야를 하는 겁니다. 기특하기도 하고, 속상하기도 하고 참 여러 가지 마음이 듭니다.

사실 첫 글을 시작할 때는 이런 마음이었습니다. 우리 쫑투가 떠나기 전에 쫑투 이야기를 담은 책을 만들어 쫑투에게

선물해야겠다는 마음이었습니다. 그런데 조금씩 마음이 흔들리고 있습니다. 하루하루가 다르게 약해지는 쫑투를 바라보면서 생각합니다. 이 글을 다 마무리 짓기 전에 우리 쫑투가 하늘나라로 떠날 수도 있겠다고 말입니다.

그래서인지 요새 나쁜 꿈을 많이 꿉니다.
오늘도 새벽 2시 반에 일어나 이렇게 글을 씁니다.

**온 바닥에 배변 패드**

# 결혼식에 초대받은 우리 가족

우리 가족이 이용하고 있는 ★★펜션 사장님 댁에는 늘 쫑투를 반겨주는 여아 승소가 있습니다. 그리고 우리가 즐겨 주문해 쫑투에게 먹이고 있는 '펫푸드○○' 사장님 댁에는 남아 밥풀이가 있지요. 평소 승소와 밥풀이는 만나자마자 헤어질 때까지 둘이 붙어 다니면서 달리고 달리며 즐거운 시간을 보냅니다. 서로 장난치는 것을 좋아하는 말티즈들이랍니다.

2월에 승소와 밥풀이가 결혼을 한다고 해요. 그런데 우리 가족이 결혼식에 초대를 받았습니다. 쫑투는 들러리 자격으로 참석하기로 했고요. 원래 레즈비언 커플인 바얼님과 나는 웬만하면 결혼식에 참석을 하지 않는데, 강아지 결혼식 초대를 처음 받아본 데다가 우리 쫑투가 들러리가 되어야 하니 겸사겸사 즐거운 마음으로 참석하기로 했습니다.

수개월 전에 ★★펜션 사장님께 커밍아웃을 했습니다. 어찌나 쿨하게 받아주시던지 정말 고마웠습니다. 최근에 다시 들른 펜션에서 펫푸드〇〇 사장님과 정식으로 인사를 나누었고요. 바얼님과 나는 '박가네 TV'라는 이름의 유튜브를 운영하고 있습니다. 제가 그 이야기를 꺼내는 바람에 독실한 기독교인인 펫푸드〇〇 사장님께서 우리가 레즈비언 커플임을 알게 되었답니다. 아흑……. 그런데 그분도 우리 관계를 잘 받아주셨다는 소식을 전해 들었답니다. 살다 보면 언제나 그런 건 아니지만 이렇게 감사할 일들이 생기는 것 같습니다. 커밍아웃을 하고 끊긴 오랜 관계들도 많거든요. 그만큼 상처도 깊고요. 두 분 사장님께 우리 커플 대표로 제가 다시 한번 감사 인사 드립니다. 세상이 많이 달라졌다고 하지만 커밍아웃하는 동성애자 커플을 있는 그대로 받아들이는 것은 쉬운 일이 아닙니다. 그럼에도 오히려 우리를 안심시키고, 여전히 쫑투에게 사랑을 주시는 두 분께 진심으로 감사드립니다.

2월 승소와 밥풀이의 결혼식이 기다려집니다. 살다 살다 결혼식을 기다리는 건 또 처음이네요. 예쁜 쫑투 들러리 옷도 선물해주신다고 합니다. 참 고마운 일입니다.

# 그래도 나는 쫑투를 사랑합니다

늘 하는 걱정이지만, 최근에 걱정이 늘었습니다. 쫑투가 인지적으로 문제가 있어 보이는 행동을 너무 자주 하기 때문입니다.

쫑투는 정말 깔끔한 강아지였습니다. 화장실에 가서 쉬야나 응가를 하고 나면 절대로 밟는 일이 없었습니다. 자신의 몸에 쉬야나 응가를 묻히는 일은 상상도 할 수 없는 일이었지요. 하지만 지금은 이런 행동을 자주 합니다. 쉬야나 응가를 하면 빙글빙글 돌면서 다 밟아요. 쉼 없이 밟고 다니면서 계속 돌 때도 많답니다. 쫑투 방석 위에서 자다가 그 자리에 그대로 쉬야를 하고, 아무 일 없었다는 듯이 그 위에 앉아 잠을 자기도 합니다.

나이가 들어서 그런지 쉬야를 하는 횟수도 정말 많이 늘었습니다. 낮에는 물론 특히 밤에 세 번, 네 번을 깨서 아무 데나 쉬야를 하고는 했습니다. 쫑투가 움직이는 소리를 들은 바얼님은 그렇게 새벽 시간에 세 번, 네 번을 깨어 쫑투를 화장실로 인도합니다. 저요? 저는 정신과 약을 먹고 있어서 한번 잠에 들면 푹 잠을…… 바얼님 혼자 '열일'을 하고, 고생하는 상황입니다.

최근에는 자주 내지 않던 끙끙 낑낑거리는 소리를 많이 냅니다. 배에 나 있는 유선종양의 크기가 너무 커져서 그 부분이 아파서인지, 아니면 다른 부위가 아파서인지는 알 수 없습니다. 잠자리를 잡는 시간 내내 끙끙낑낑 소리를 내며 움직입니다. 우리는 쫑투가 아파도 더 이상 해줄 수 있는 것이 없다는 것을 압니다. 진통제를 놔주는 일 외에는 말이지요. 그래서 이 부분에 관해 바얼님과 자주 대화를 하는데요, 우리는 쫑투가 점점 더 아파하면 마약성 진통제를 처방받을 것입니다. 그런데도 우리 쫑투가 더 많이 아파하면 그때는 안락사를 깊이 고려할 생각입니다. 일단 그렇게 결심을 하고 있는데, 정말로 우리가 어떤 선택을 하게 될지는 모르겠습니다.

갑자기 날이 따뜻해졌어요. 오랜만에 쫑투와 함께 온 가족이 산책을 하고 왔습니다. 아장아장 걷는 우리 쫑투의 목이 오른쪽 방향으로 살짝 돌아가 있습니다. 목이 돌아가 있어서인지 한 방향으로만 걸으려고 합니다. 집에 돌아와 틈틈이 목 안마를 해주고 있습니다. 이렇게라도 하면 목이 돌아올까 싶어서요.

오늘은 유튜브 검색창에 '19세 노견'이라고 입력하고 영상들을 찾아보았습니다. 그중 하나가 아이를 보내주는 영상이었는데요, 떠나려는 강아지가 보이는 신호들을 소개해주는 영상이 하나 있었는데, 우리 쫑투가 하고 있는 여러 행동과 유사하더라고요. 어찌나 마음이 아프던지 자고 있는 쫑투 목에 얼굴을 파묻고 펑펑 울었습니다.

# 결혼식에 다녀왔습니다!

승소와 밥풀이의 결혼식 및 ★★펜션 사장님의 아들 응투의 18세 생일잔치에 초대를 받아 다녀왔습니다. 강아지 결혼식에 한 번도 참석해본 적이 없어서 어떻게 진행되는 것인지 매우 궁금했는데요, 정말 재미있었습니다.

인터넷을 하다 보면 인형 같은 강아지들의 모습을 찍은 사진이 있잖아요? 가끔은 그런 사진을 보면 너무 인위적이라는 생각이 들어서 마음에 들지 않기도 했는데요, 이번 결혼식 및 생일잔치 참석을 통해 그런 생각이 나의 고정관념 때문이라는 것을 알게 되었습니다. 왜냐하면 전 과정에서 강아지들은 자유로운 시간을 만끽하고요, 사람들을 그저 예쁜 사진 하나 건져보겠다고 정말 분주하게 움직이면서 깔깔깔 깔 촬영을 해대기 때문입니다.

강아지들에게는 하나도 의미 없을 생일 축하 장식들과 전혀 불편하지 않게 만든(좋은 천으로 착용감이 좋게 만든) 신부, 신랑 그리고 들러리들의 복장들을 입히고, 그야말로 개판 5분 전인 분위기 속에서 식을 진행합니다. 우리는 축의금을 하나씩 준비했는데요, 어느 시점에 축의금을 전달해야 하나 걱정하고 있었어요. 하지만 식이라고 할 만한 것은 하나도 없고요, 물론 강아지들이 전혀 협조를 해주지 않기 때문이고요. 한번은 모든 강아지를 일렬로 세운 사진을 찍고 싶어서 신부, 신랑은 물론 쫑투까지 총 여덟 마리의 강아지들을 잠시 일렬로 세우고는 "하나, 둘, 셋!" 하면 사람들은 빠지

는 그런 사진을 촬영하였는데요, 완전 난리였습니다. "셋!" 하면 앵글 밖으로 사람들이 나가기 직전에 이미 강아지들이 흩어져버려 개판이 되는 것이지요. 얼마나 웃기던지요. 강아지들 스트레스받지 않도록 최소한도로 시도하고 금방 포기했어요. 응투 생일잔치도 마찬가지 분위기였어요. 생일 축하한다고 적힌 장식물을 벽에 붙이고, 예쁜 식탁 위에 자리를 만들어 응투 사진을 찍는 것이었으나 응투는 협조하지 않았어요. 아마 그 사진도 개판 5분 전이 되어 있을 거예요.

강아지도 사람도 재미있었던 시간이었습니다. 사람들은 매번 실패하는 상황들을 웃으며 맞이하고, 강아지들은 별의별 맛있는 간식들을 잔뜩 먹을 수 있었거든요. 19세 늙은 강아지 쫑투를 초대해주신 ★★펜션 사장님과 펫푸드○○ 사장님께 진심으로 감사드립니다. 그리고 즐거운 시간을 보낼 수 있도록 여러 가지 준비해주시고, 맛있는 식사를 준비해주신 상구와 상추 어머님께도 진심으로 감사드립니다.

고맙습니다.

# 봄날처럼 따뜻한 날이네요

봄날처럼 따뜻한 날이네요. 오늘은 쫑투와 나, 둘이서 산책을 다녀왔습니다. 이전에 살던 집 근처에는 마음 편하게 산책할 만한 곳이 없었는데요, 최근에 이사 온 새로운 마을은 강아지 산책 천국이랍니다.

쫑투는 목이 돌아가 있어서 계속 한쪽 방향으로 걸으려고 하고, 나는 나대로 강아지가 다치지 않도록 살짝살짝 잡아당기니 쫑투는 좌우로 뒤뚱뒤뚱 걷게 되었어요. 그 모습을 보고 '나이 든 강아지'임을 알아챈 이웃들이 인사를 하시면서 "몇 살이에요?" 물으셨죠. 내가 "열아홉 살입니다."라고 답하자 "어쩐지 나이가 들어 보이더라고요."라고 하셨어요.

두 분이나요. 우리 쫑투가 더는 젊어 보이지 않는 모양입니다.

우리는 따뜻한 햇볕을 맞으며 함께 걸었어요. 바얼님과 함께 이름 붙인 '쫑투 사색의 길'이라는 산책로가 있는데요, 처음부터 끝까지 다 걷고 들어 왔답니다. 쫑투는 전혀 힘들어하는 기색 없이 씩씩하게 잘 걸었어요.

내일도 따뜻하면 '쫑투 사색의 길' 완주를 목표로 또 나가봐야겠습니다.

# 버둥거리는 증상

며칠 전에 쫑투가 갑자기 부엌 바닥에서 버둥거리고 있는 것을 발견하였습니다. 비명을 지르는 소리에 놀라 뛰쳐나갔더니 뒷다리에 마비가 온 것인지 아니면 힘이 빠진 것인지 알 수는 없었지만 뒷다리를 전혀 못 쓰는 채로 엎드려 소리를 질렀어요. 처음 보는 광경이라 얼마나 놀랐는지요. 번쩍 들어서 안고는 양쪽 다리를 번갈아 가면서 재빠르게 안마를 해주었습니다. 얼마 지나지 않아서 다리에 다시 힘이 생겼어요.

그리고 어제, 새벽에 잠을 자고 있던 쫑투가 또 낑낑거려서 바얼님이 일어나 살펴보니 머리를 방석 밖으로 내밀고는 뒷다리에 힘이 빠져 버둥거리고 있었답니다. 나는 아무것도 모르고 쿨쿨 자다가 뒤늦게 일어났고요.

"이젠 뭔가 방법을 강구해야 할 것 같아요."라고 바얼님이 말했습니다. 우리는 앞으로 쫑투가 뒷다리에 힘이 빠지는 증상을 지속적으로 겪을 거라고 예상했습니다. 갑자기 뒷다리에 힘이 빠지거나 마비가 왔을 때, 버둥거리다가 혹은 쓰러지다가 다칠 수도 있다는 생각이 들었어요. 그래서 집에 있는 철 육각장보다 더 안전하고 낮은 사람 아기용 울타리를 사서 자주 그 안에 쫑투가 머물도록 하기로 했습니다. 오늘 아침에 주문했어요.

오늘은 하루 종일 쫑투의 움직임을 관찰하였습니다. 자주 다리 마사지를 해줘서 그런지 원래의 쫑투 모습으로 하루를 보내더군요. 앞으로도 자주 마사지를 해주려고 합니다.

조금씩 조금씩 쫑투의 노화 증상들이 늘어만 갑니다. 그리고 내 한숨도 늘어만 갑니다.

내 늙은 강아지, 쫑투

# 두 번째 방문 미용

노견이 될수록 강아지들은 좋고 싫음을 분명하게 표현한다고 합니다. 우리 쫑투도 예외가 아니어서 좋은 것은 격하게 반기고, 싫어하는 것은 격렬하게 거부하지요.

쫑투가 싫어하게 된 것 중 하나는 바로 미용입니다. 어린 시절 그리고 자라면서는 미용실 미용 선생님으로부터 얌전하게 잘 받는다며 칭찬을 받고는 했지만, 노견이 되어서는 쫑투가 미용을 격렬하게 거부하기 시작했습니다.

한번은 늘 다니던 미용실에서 미용을 받은 후 집에 돌아와서는 이상 행동을 심각하게 보여 바얼님과 제가 깜짝 놀란

적이 있습니다. 노견인 경우 미용 전후에 그 충격으로 죽기도 한다고 하니, 노견에게 미용이 얼마나 큰 스트레스가 되는지 알 수 있습니다.

바얼님은 그런 쫑투 털 관리를 위해 직접 도구들을 구입해서 종종 털들을 정리해주기도 하였습니다. 그러나 반려견과 함께하신다면 아시겠지만 아예 미용을 하지 않고 집에서만 해결할 수 있는 일은 아니었습니다.

그러던 어느 날, 바얼님이 인터넷 검색을 통해서 '방문 미용'이라는 것을 찾아냈습니다. 신청을 하면 노견 특성에 맞춘 미용을 해주는 선생님이 강아지가 가장 편하게 느끼는 집으로 방문하여 미용을 해주는 것이었습니다.

4개월 전에 처음으로 방문 미용을 받아보았고, 어제 두 번째 방문 미용을 받았답니다. 방문 미용 선생님의 미용 스타일을 잠시 소개하겠습니다. 미용 선생님은 강아지가 최대한 스트레스를 덜 받도록 배려를 많이 해주십니다. 예컨대 미용을 하면서도 끊임없이 말을 시키고, 강아지가 몹시 싫어

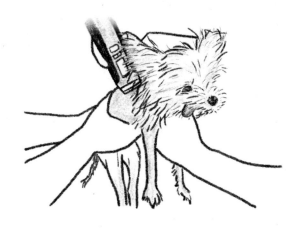

하고 힘들어할 때면 미용 중간중간 쉬는 시간도 자주 갖습
니다. 자르다가 잠시 놓아주고, 되돌아오면 다시 자르기를
반복하는 거죠. 이런 방식으로 하다 보니 전처럼 미용 후에
이상반응을 보이는 일은 없어졌습니다. 확실히 스트레스를
덜 받고 있음을 알 수 있습니다.

어제, 우리 쫑투는 두 번째 방문 미용을 잘 받았습니다. 그
래도 미용 스트레스가 대단했을 텐데도 잘 이겨냈습니다.
노견답게 극한의 발버둥을 치는 와중에 미용을 하니 결과는
예전 같지가 않습니다. 그래도 우리 눈에는 여전히 세상 가

장 예쁘고 멋진 강아지입니다.

미용사 선생님께서는 쫑투가 미용에 저항하는 정도가 심각한 편이라고 하였습니다. 이 어려운 일을 두 번이나 완수해 주셔서 얼마나 감사한지 모릅니다. 앞으로 얼마나 더 선생님을 만날 수 있을지는 알 수 없지만, '그날'이 오기 전까지 계속 뵙기를 바랍니다. 그리고 진심으로 감사드립니다.

# 쫑투의 방을 만들어주었습니다

쫑투의 치매 증상이 날로 심해지고 있습니다. 병원에 가서 치매 증상을 완화시키는 약을 사왔어요. 냄새가 너무 이상해서 그런지 쫑투도 먹기 힘들어하는 것 같아 딸기잼에 약을 섞어 먹이고 있는 중입니다.

치매 증상인지 아니면 어디가 불편해서 그런지 이전에는 하지 않았던 행동을 매일 합니다. 새벽 시간에 꼭 깨어나서 낑낑거리며 불편을 호소하는 것이지요. 어딘가 불편해서 그러는 것인지, 아니면 잠투정인지 아직 모르겠습니다.

덕분에 바얼님과 제가 밤잠을 설치게 되었답니다. 매일 출근하는 바얼님의 수면의 질이 아주 엉망이 되었지요. 그리고 시력을 아예 잃은 우리 쫑투는 온 벽에 머리를 쾅쾅 부딪친답니다.

넓은 면적으로 쫑투의 방을 만들어주었습니다. 울타리 안에 이불을 깔고, 그 위에 쉬야 패드를 깔고, 쫑투 방석과 쫑투가 마실 물을 함께 넣었습니다.

울타리 안에서 머리를 울타리에 부딪치더라고요. 그래서 뽁뽁이를 구입해 울타리 안쪽 벽을 모두 가려주었습니다. 그랬더니 덜 세게 머리를 부딪칩니다. 이젠 안심입니다.

쫑투에게 울타리로 넓은 방을 만들어주고 바얼님과 나는 따로 자기 시작했습니다. 출근을 해야 하는 바얼님은 방에 들어가 잠을 자고, 저는 쫑투 울타리 옆에 이불을 깔고 눕습니다.

그런데 참으로 신기하고 기이한 것은 쫑투가 불편을 호소할 때, 나는 그 소리를 거의 듣지 못한다는 것입니다. 항상 멀리 떨어진 방에서 잠을 자던 바얼님이 쫑투의 낑낑 소리를 듣고 일어나 쫑투의 상태를 살핍니다. 제가 쫑투 옆에 누워 자는 이유를 모르겠습니다. 바얼님께도, 쫑투에게도 미안합니다.

# 쫑투와 봄 산책을 합니다

2021년 봄입니다. 산책하기 정말 좋은 날들의 연속입니다. 매일, 피고 지는 꽃들 사이를 걷습니다. 쫑투와 함께요!

천천히 아장아장 걷는 쫑투의 모습을 바라보는 이웃들의 눈빛에 안타까운 마음이 가득 담겨 있습니다. 많은 분들이 "아이가 노견인가봐요?", "강아지가 몇 살인가요?" 등의 질문을 해주십니다. 19세 노견이라고 답을 하면 모두들 놀라고, 슬픈 마음을 느끼시는 것 같습니다.

어떤 분께서는 2개월 전에 19세 아이를 보냈다며 우리 쫑투를 바라보며 눈물을 흘리기도 하셨습니다.

쫑투의 상태를 걱정하는 많은 이웃들에게 이렇게 말합니다.

"잘 보낼 일만 남았습니다."

# 쫑투가

쫑투가……

……죽었습니다.

# 숨을 멈추었습니다

쫑투와 함께 이틀 연속 산책을 다녀왔습니다. 가능하면 넓고 조용한 곳을 찾아서 걸었어요. 빙글빙글 도는 쫑투를 바라보면서 마음이 쓰리기도 했지만, 여전히 건강한 모습으로 걸으려고 애쓰는 우리 쫑투가 기특했습니다.

그리고 2021년 6월 2일 수요일, 갑자기 쫑투가 못 걷기 시작했습니다. 물만 겨우 마실 뿐 맘마도 끊어버리더군요.

쫑투의 상태를 나아지게 하기 위해 바얼님은 고군분투하였습니다. 우리는 돌아가며 잠을 잤고, 울타리 안에 들어가 쫑투 옆에 누워 잠을 자기 시작했습니다. 제대로 잘 수는 없었어요. 쫑투가 심한 경련을 일으키며 많이 아파했기 때문입니다.

그렇게 11일이 지나고 뼈만 남은 우리 강아지 쫑투는 경련을 하다가 숨을 멈추었습니다.

# 인사

우리는 쫑투를 화장시켰고, 유골함을 들고 집에 돌아왔습니다. 집으로 돌아온 쫑투의 유골함을 깜비의 유골함 옆에 올려두었습니다.

갑작스러운 죽음이었습니다. 19세 노견이라 언제 죽음을 맞이해도 이상하지 않을 것이라 생각했습니다. 하지만 나의 예상은 보기 좋게 빗나갔습니다. 나는 너무나도 절망적입니다. 쫑투가 보고 싶어 미칠 것만 같습니다.

내 늙은 강아지, 쫑투에게 하고 싶은 말이 있습니다.

"쫑투야, 엄마가 스물여덟 살이었던 때부터 마흔일곱 살이 된 지금까지 항상 엄마 곁에 있어줘서, 엄마와 함께해줘서 정말 고마워. 언제나 그랬듯이 엄마는 죽는 그날까지 너와 함께다. 엄마들 여행 떠날 때면 깜비랑 함께 엄마들 잘 따라 다녀주렴. 길 잃지 말고. 쫑투야, 사랑한다."

매일 허공에 대고 노래를 부릅니다.

"사랑하는 쫑투는 예쁘기도 하지요. 눈도 반짝, 코도 반짝, 입도 반짝반짝~!"

# 작가의 말

오늘은 쫑투가 떠난 지 619일째인 날입니다.

매일 쫑투 이름을 부르고, 매일 쫑투 방석이 놓여 있던 자리에 앉아 쫑투 생각을 하고, 사흘에 한 번씩은 쫑투와 깜비의 유골이 담긴 유골함을 살살 흔들어 쫑투와 깜비 몸의 일부인 뼛가루가 굳지 않도록 하고 있습니다.

일주일이면 서너 번씩 쫑투와 깜비 꿈을 꾸고, 매일 깜비의 의젓하고 귀여운 모습과 쫑투의 예쁘고 새침한 모습을 머리로, 가슴으로 떠올립니다.

가을엔 바른얼굴님과 함께 '남들처럼' 국립공원으로 단풍놀이를 다녀왔고, 겨울엔 맛집을 찾아 이곳저곳을 떠돌아다녔습니다. 19년, 15년이라는 시간 동안 우리 강아지들과는 함께할 수 없었던 많은 여행을 했습니다. 우리는 우리 강아지들이 준 '또 하나의 선물'이라며 그 시간을 즐겼지만, 늘 마음 한쪽엔 강아지들과 함께할 수 없다는 슬픔과 그리움이 가득했습니다.

이렇게 우리는 강아지들이 곁에 없는 시간에 익숙해지고 있고, 그럴수록 그리움은 더 커져만 가는 경험을 하고 있는 중입니다.

쫑투, 깜비와 함께한 나날들의 단편을 책으로 내고 남길 수 있어, 기쁩니다. 모두 책나물 대표님과 그림 작업을 해준 지민님 덕분입니다. 진심으로 감사드립니다.

그리고 바른얼굴님. 당신이 내 곁에 없었다면 쫑투와 나는 이만큼 행복하게 살아갈 수 없었을 것입니다. 쫑투에게 준 당신의 헌신적인 노력과 무조건적인 사랑, 평생 잊지 못할 것입니다. 고맙습니다.

마지막으로 내 강아지, 쫑투. 다음 생이 있다면 어떤 모습으로든 또 만나자. 사랑한다, 영원히.

내 늙은 강아지, 쫑투

# 내 늙은 강아지, 쫑투

초판 1쇄     2023년 3월 13일

지은이     박김수진

편집       김화영
일러스트    지민
디자인      스튜디오 키사스
마케팅      어쩌면 이 책을 읽은 누군가

펴낸이      김화영
펴낸곳      책나물
등록       제2021-000026호(2021년 3월 8일)
이메일      booknamul@daum.net
블로그      blog.naver.com/booknamul
인스타그램   @booknamul

ISBN      979-11-92441-09-2  03810